少年百部 100
SHAONIAN BAIBU

— 小学语文 —
核心素养书系

课本拓展精读

MEILI DE LUJIAO

美丽的鹿角

[古希腊] 伊索 著　陈亚莉 改编

长江出版传媒
长江少年儿童出版社

图书在版编目(CIP)数据

美丽的鹿角/(古希腊)伊索著;陈亚莉改编.—武汉:长江少年儿童出版社,2024.1

(小学语文核心素养书系:课本拓展精读)

ISBN 978-7-5721-4588-9

Ⅰ.①美… Ⅱ.①伊… ②陈… Ⅲ.①《伊索寓言》Ⅳ.①I545.74

中国国家版本馆CIP数据核字(2024)第021162号

小学语文核心素养书系:课本拓展精读

XIAOXUE YUWEN HEXIN SUYANG SHUXI: KEBEN TUOZHAN JINGDU

美丽的鹿角

MEILI DE LUJIAO

出 品 人:何 龙

策 划:蓝 欣

执行策划:梁 崴

责任编辑:杨 浩

整体设计:洋溢文化

责任校对:莫大伟

责任印刷:邱 刚 雷 恒

出版发行:长江少年儿童出版社(集团)有限公司

业务电话:(027)87679199

承 印 厂:武汉鑫佳捷印务有限公司

经 销:新华书店湖北发行所

开 本:720毫米×970毫米 1/16

印 张:7

字 数:49千字

版 次:2024年1月第1版

印 次:2024年1月第1次印刷

书 号:ISBN 978-7-5721-4588-9

定 价:26.80元

导读

《小学语文核心素养书系：课本拓展精读》是一套专门为小学生设计的语文课外阅读丛书，内容精选小学语文课本中作家的经典作品，旨在帮助孩子更好地理解和欣赏名家名作，全面提升孩子的阅读和写作能力，为语文学习打下坚实的基础，让孩子爱上阅读。

本丛书以小学语文课本中的课文为“向导”，每个作品都是课本入选作家的名篇名作，从一篇课文延伸至一本书，包括童话、小说、散文、诗歌等多种体裁，带领读者领略不同作者独特的创作风格和思想内涵，学习丰富的写作技巧和文学知识。

我们还邀请了国内著名插画师，根据书中情节绘制多幅精美插图，给孩子带来高品质的视觉享受。

让我们一起走进精彩的语文世界，感受文字的魅力，探索知识的海洋吧！

名师推荐

语文是小学生学习的基础，也是表达思想和交流感情的重要工具。孩子通过阅读学习优秀的文学作品，可以拓宽视野，提高语言表达能力，培养良好的审美情趣。

《小学语文核心素养书系：课本拓展精读》是小学语文课本入选作家的作品集，体裁多样，内容丰富。通过阅读这些作品，孩子可以感受不同文体和风格的魅力，培养对文字的感知能力和表达能力。

这套书系的独特之处在于选篇与课本的关联性和延伸性。每本书都来自小学语文课本中的作者，孩子可以更好地理解作者的创作背景和文化背景，加深对作品的理解和欣赏。同时，这套书也提供了与课文相关的拓展阅读，帮助孩子进一步扩大知识面，培养阅读兴趣。

孩子通过阅读不同名家的经典作品，拓宽自己的思维边界，培养自主阅读和独立思考的能力，为今后更高阶段的语文学习打下坚实的基础。同时，这些优秀的作品也能够激发孩子的情感共鸣，引导他们审视自己的内心世界。

祝愿每一个孩子在阅读《小学语文核心素养书系：课本拓展精读》这套书时，都能感受到语文的乐趣和力量，收获智慧和快乐。

目录

美丽的鹿角

一头年轻的公鹿来到水边喝水，清澈的水滋润着他的喉咙，也映照出他的倒影。

公鹿喝完了水，抬起头，发现自己头上的角如同初春的树枝，挺拔而优雅。其他动物都没有如此美丽的角。公鹿十分欢喜。他又看到自己的四条腿，又细又瘦，平平无奇。

金色的阳光洒在水面上，鹿角散发出金色的光芒，显得更美了。公鹿正着迷地欣赏着自己的鹿角，忽然，水中出现了一头狮子的倒影！他吓得撒腿就跑，但狮子紧追其后。前面有一道壕沟，公鹿伸开四条腿，嗖地跳了过去。

公鹿跑进了丛林。他身体轻巧，四肢敏捷，很快就把狮子甩到了后面。

公鹿钻进了一丛更密的灌木，这样，他就能够躲藏起来了。没想到，那美丽的鹿角被树枝挂上了，公鹿慌张地扯着鹿角，却怎么都扯不下来。

树枝剧烈地摇动着，狮子跑过来，一眼发现了公鹿，猛地向他扑去。

在狮子的爪子下，公鹿喃喃自语：“我熟视无睹的腿让我逃脱危险，而我引以为傲的角却葬送了我的性命。”

蚊子和狮子

一只蚊子在山林里飞来飞去，他飞到一只狮子跟前，说：“我不怕你，你并不比我强多少。你有什么力量？是用爪子抓，还是用牙齿咬？这几招，也就是女人同男人打架时常用的办法，不是抓就是咬。”

狮子听了蚊子的话，没有理睬他。

蚊子继续说道：“你别看我个头小，我可要比你厉害得多。你若愿意，我们不妨来比试比试。”

蚊子没等狮子同意，便吹着喇叭，猛冲上去，专咬狮子鼻子周围没有毛的地方。

狮子气得用爪子把自己的脸都抓破了，生气地要求停战。

蚊子觉得自己战胜了狮子，便得意扬扬地吹着喇叭，唱着凯歌，在空中飞来飞去。不料，他却被蜘蛛网粘住了，无论怎样挣扎都无济于事。

蚊子将被蜘蛛吃掉的时候，他悲叹道：“我战胜了最强大的动物，没想到却要输给这不起眼的蜘蛛。”

狮子和驴子

传说驴子在古代也是吃肉的，他们没有尖利的牙齿和爪子，但也能捕获一些猎物。

狮子觉得很奇怪，他想知道驴子究竟是怎样捕猎的。于是，就约上驴子一起去打猎。

“以您的经验，到哪里打猎更容易有收获？”狮子问。

“去山上。那里地势险峻，猎物们不容易逃跑。重要的是，那里山羊众多。”

狮子点点头。

“我们还得有策略，”驴子说，“野山羊都聚集在山羊洞里，看到您是不会出来的。所以，我们兵分两路，我进洞，把山羊都赶出来；您躲在洞口，出来一只就逮住一只。”

这真是个好主意啊。狮子对驴子刮目相看，不过他还想看看，驴子到底是怎样赶羊的。

他们来到山羊栖身的山洞，狮子埋伏在洞口，驴子向洞里走去。

山洞里光线昏暗，山羊们都在午睡。驴子走进去，四蹄乱跺了几下，然后就喘着粗气狂叫起来。

“嗯哈——嗯哈——嗯哈——！”

驴子一边叫着，一边在山羊中间乱跳。山羊们从梦中惊醒，以为有怪兽入侵，吓得纷纷逃出了山洞。

守在洞口的狮子趁势发起进攻，山羊们惊魂未定，就被狮子的利爪扑倒在地。

最后，连最大的山羊王都被驴子赶了出来。

“怎么样，所有的山羊见到我都畏惧出逃，我能不能称得上骁勇善战？”

“说实话，如果我事先不知道你是一头驴，也会被你的吼声吓得半死。但你却不能真正地捕杀一只猎物。”

越来越多的动物知道驴子只会乱吼，并没有真本事，也就不再怕他。以后，驴子捕获不到猎物，就只能吃些草料了。

狮子和老鼠

狮子睡着了，睡得很香。有只老鼠跳到他身上，狮子猛然惊醒，呼地站起身来，一把抓住老鼠，要把他吃掉。老鼠请求狮子饶他一命，并说：“如果您不伤害我，保住我的性命，以后我必将报答您的恩情。”狮子轻蔑地笑了笑，便把他放了。

不久，老鼠真的救了狮子的性命。

原来狮子被一个猎人抓住了，猎人用绳索把他紧紧地捆在一棵大树上。狮子动都不能动一下，只能大声地哀嚎。老鼠远远地听到了狮子的嚎叫，赶忙跑过来，用牙使劲咬断绳索，放走了狮子，并说：“您当时嘲笑我，不相信能得到我的报答。现在您应该清楚了，老鼠也能报恩。”

狮子和公牛

饥饿的狮子准备捕捉一头大公牛，好好地饱餐一顿。但是，他不想费太大的力气，打算用计策智取。

于是，狮子对公牛说道："朋友，如果你愿意，我将抓一只羊，设宴招待你。"公牛不假思索地答应了。其实，狮子是想在公牛赴宴的时候，趁机下手把他吃掉。

公牛到狮子那儿赴宴，看见地上有几个铜盆和许多大铁叉，还有亮闪闪的大刀。公牛觉得不对劲，便警惕起来，他四处张望，根本没有看到什么羊。公牛觉得不妙，就一声不吭地走了。

狮子见公牛走了，赶忙追上去责问道："你为什么一声不响地走了？"公牛回答道："我这么做是有一定道理的，因为我看出你所准备的器具，并不是为了吃羊，而是为了吃牛。"

狮子和青蛙

一天傍晚，狮子在森林里散步，他来到一条小河边喝水。

“呱……呱……”

狮子听见一个很尖很大的声音从水里传来，顿时一惊，心想：这是什么动物，叫声这么大，这么吓人？他吓得不敢往前走了。

狮子站住，听着水中传来高一阵低一阵的叫声，听了一会儿，恐惧感减轻了一些，便慢慢地朝前走去。

这时，一只青蛙从河水中爬出来，他眨巴着大眼睛望着狮子。

“你是谁？”青蛙问狮子。

“我是狮子，是森林中的百兽之王。你呢？你叫什么名字？”狮子问。

“我叫青蛙，是水中著名的歌唱家！”

“哦，我明白了，刚才那吓人的叫声就是你的声音吗？”狮子问。

“是呀！呱呱！呱呱！”青蛙边回答，边叫了起来。

狮子生气地说：“在见着你之前，你的叫声还真把我吓了一跳，现在看来……”狮子说着走上前去，一脚把青蛙踢开了。

狮子和海豚

一只狮子闲着没事，在海滩上闲逛。走着走着，忽然看见一只海豚跃出水面。狮子上前说："喂，海豚，咱俩结为盟友吧！"

海豚说："为什么咱俩要结为盟友呢？"

狮子说："因为咱俩最合适不过，可以说是天下最佳的搭档。你是海中动物之王，我是陆地兽中之王，我们碰到灾难可以互相帮助。这该多好哇！"

海豚立即高兴地答应了。

过了不久，狮子和野牛发生纠纷，在海边展开了一场生死搏斗。狮子请求海豚助他一臂之力。

海豚打心眼儿里愿意帮助狮子，但让他出海助战，却毫无办法。

狮子生气了，指责海豚："朋友，在这种时刻，你却帮不上我，你这背信弃义的家伙！"

海豚委屈地回答道：“朋友，请你不要责备我，去责备自然吧！因为是它让我成为海里的动物，不许我上陆地的呀！”

狮子和野猪

夏季里的一天，天热得大家都快渴死了，狮子和野猪同时来到一口小井边找水喝。为了谁先喝水，他们激烈地争吵起来，继而大打出手。他们停下来喘口气，准备再拼个你死我活的时候，看到几只秃鹰正在不远处等着他们当中谁先倒下去，好美美地大吃一顿。狮子和野猪马上结束了这场战争，说：“与其成为乌鸦或者秃鹰的食物，不如我们做朋友吧！”

王子和画出来的狮子

有位国王只有一个儿子，这位王子喜欢练武。有一天，国王做了一个梦，梦到他的儿子将会被狮子杀死。国王唯恐这梦成真，就给儿子造了一座舒适的王宫，还在墙上画上各种动物，大小和真的一样，其中包括一头狮子。年轻王子一见到墙上画的狮子，被关起来而产生的忧伤情绪一下子就发作了，他站在狮子面前说：“噢，你是动物中最让人讨厌的！就因为我父王睡觉时做了一个不可信的梦，就因为你，我被关在这王宫里。现在我拿你怎么办呢？”他说话时把手伸向一棵荆棘树，要折一根树枝抽打那狮子。这时一根尖刺刺到了王子的手指，把他刺得很痛。被刺的手指发了炎，年轻的王子昏倒在地，不久后发起了高烧，过了几天就死了。

狐狸和乌鸦

一只乌鸦出门觅食，在离集市不远的路上，发现一块大肥肉。乌鸦高兴极了，赶紧把肉叼在嘴上。他决定把肉带回窝里好好享用。乌鸦飞呀，飞呀，感到有点儿累了，便停在树上休息，嘴里仍然牢牢地叼着那块肉。

一只狐狸望见了停在树上歇息的乌鸦。他看到乌鸦嘴里叼着一块大肥肉，心动不已，口水都流出来了。

狐狸眼睛骨碌一转，计上心头。他走到大树下，装出毕恭毕敬的模样，对乌鸦说："乌鸦大王，您早哇！"乌鸦觉得很奇怪：这狡猾的狐狸，我什么时候变成大王啦？乌鸦一边想着要提防狐狸，一边却不自觉地对狐狸点了点头，装出一副大王的架势。

狐狸接着说："大王，难道您还没听到消息吗？昨晚您已经当选为鸟类的大王啦！"乌鸦刚想问个究竟，想到嘴里叼着的大肥肉，连忙闭紧嘴巴，轻轻摇摇头，表示自己不大相信。

狐狸已经看出乌鸦的心思，他继续说：“这可是千真万确的，我也是刚知道的。我想，像您这样能干，又这样聪明、这样美丽的鸟早就该成为鸟中之王了。”乌鸦听得心里乐开了花。

狐狸又走近几步，神秘地说：“我听说，除了喜鹊，几乎所有的鸟都支持您，同意您当鸟中之王。喜鹊说，乌鸦这个家伙一身黑乎乎的，还最爱别人夸他美丽，总以为自己很聪明、能干，其实……”

狐狸的话还没说完，乌鸦已经气得发抖了。他张口就骂：“这个多嘴的喜鹊，我……”说时迟那时快，乌鸦嘴里的大肥肉一下子就掉到了地上。

狐狸抓起那块肉，向乌鸦扬了扬，笑着说：“你如果不是那么爱慕虚荣，爱听我的奉承话，我又怎么能让你开口呢？大肥肉又怎么会落到我的手里呢？”

狐狸和仙鹤

狐狸请仙鹤吃饭。

他到处宣传这件事，还从集市上买了很多菜和肉，在厨房里又切又烧，忙得真像那么回事。

仙鹤来了，狐狸半天才端出一个很平很平的盘子，盘子里只盛了一点儿肉汤。他装出很热情的样子，大声招呼仙鹤，说："仙鹤大哥，请吃，不要客气！"

仙鹤一看那盘子就傻眼了，因为他长着一只又尖又长的嘴巴，根本就吃不到平底盘子里的肉汤，只好眼巴巴地坐在那儿看着狐狸大吃大喝。狐狸把肉汤喝光了，还虚情假意地问仙鹤："怎么样，我烧的汤味道够鲜美吧？"

仙鹤故作镇静地对狐狸说："明天我回请你，请你到我家吃饭，我要好好谢谢你今天的热情招待。"

狐狸听了，心里乐开了花，连声回答："好，我

一定去，你可别忘了。”

这一天狐狸没吃晚饭，第二天又没吃早饭，空着肚子去往仙鹤家。

一到仙鹤家门口，狐狸就闻到烧菜的香味。他一屁股坐到饭桌前，急不可待地等着开饭。

过了一会儿，仙鹤端出一个长颈瓶子，那瓶子好高好高，瓶口却只有一点点大。仙鹤很容易就把自己的长嘴巴伸进瓶子里，从容地吃到了瓶里的饭菜。他一边吃一边客气地劝狐狸：“我这午餐味道很鲜美，吃吧，吃吧，放开肚子吃吧！”

狐狸一口都尝不到瓶子里的饭菜，他快饿晕了，耷拉着脑袋，勉强地点着头。就这样，狐狸得到了应有的“回报”。

狐狸和牧羊犬

母羊生了几只小羊，她把小羊羔们揽在怀里，一只只地喂奶。

狐狸循着味道跑了过来。天啊，原来是几只鲜嫩的小羊羔。狐狸垂涎欲滴，恨不能抓起羊羔就吃。可是，羊群被一只牧羊犬守护着，狐狸不敢轻举妄动。

过了几天，狐狸又来了。小羊羔似乎变肥了一些，狐狸更想吃了。可一看到旁边的牧羊犬，个头比自己大得多，正对自己龇牙咧嘴，狐狸只好退缩了。

“这牧羊犬，虽然身形威猛，但没我聪明，且让我略施小计……”

第二天早晨，天还未亮，狐狸悄悄潜入羊群。牧羊犬和羊儿们还没醒，小羊羔都蜷缩在母羊怀里。狐狸蹑手蹑脚，把最外面的那只小羊羔抱了出来。

母羊第一个醒来，咩咩地叫着。

狐狸见状，赶紧装出一副爱抚的样子，抚摸着小羊羔。

牧羊犬被惊醒了，他高声问道："哪儿来的贼？竟敢闯入私宅偷盗婴儿！"

狐狸说："哎呀，大人误会了，我不过是想给这孩子取取暖。"

"住手！"牧羊犬快速跑来，"现在请你立刻把婴儿还给母羊，然后滚出去！不然我就叫你尝尝被狗爱抚的滋味！"

狐狸自以为很聪明，但遇见正义凛然、明辨是非的牧羊犬，他不过是个蠢贼。

狐狸和公山羊

一只狐狸失足掉进了井里，不论他怎么挣扎都没法儿爬上去，只好待在井里。

一只公山羊口渴极了，来到井边，看见狐狸在井下，就问："喂，这井水好喝吗？"狐狸觉得机会来了，心中暗喜，马上镇静下来，极力赞美道："好喝极了！这井水清甜爽口，你赶快下来跟我一起痛痛快快地喝吧！"

一心只想喝水的公山羊信以为真，不假思索地一跃，跳了下去。当他咕咚咕咚饮完井水后，就不得不与狐狸一起商量出井的办法。狐狸早有准备，狡猾地说："我倒有一个办法。你用前腿扒在井壁上，再把角竖直了，我从你后背跳上井去，然后我再拉你上去，我们就都得救了。"公山羊同意了他的提议。狐狸踩着公山羊的后腿，跳到他背上，然后再从角上用力一跳，就跳出了井口。

狐狸上去以后，根本不管公山羊，准备独自逃离。公山羊指责狐狸不守信用，违背诺言。狐狸回过头，俯身狡猾地看着公山羊说："喂，朋友，你的头脑如果像你的胡须那样完美，你就不至于在看清出口之前就盲目地跳下去了。"

蝉和狐狸

炎热的夏天，一只蝉在大树上知了知了地鸣叫着。

一只狐狸走过来，想吃掉蝉，便想出了一个主意。他站在树下，对蝉赞美道：“你的歌声真是太悦耳动听了！”说完，便装作羡慕的样子看着蝉，还假惺惺地欣赏着蝉的鸣唱。

过了一会儿，狐狸又说道：“请你下来，我想看一看你是怎样发出这么悦耳的声音的。”

蝉识破了狐狸的诡计，便摘了一片树叶抛下来。狐狸以为是蝉，猛扑过去，抓住了树叶。这时，蝉说道：“喂，坏家伙，你若以为我会飞下去，那就大错特错了。”蝉停了停，又继续说，“我自从见到狐狸的粪便里有蝉的翅膀之后，就时刻警惕你们啦！”

狐狸听了，灰溜溜地走了。

农夫和蛇

冬天已经来临了，河里结了一层厚厚的冰。这天早晨，农夫顶着寒风外出赶集。

他从天蒙蒙亮一直走到中午，没吃一口饭，没喝一口水，肚子饿得咕噜咕噜直叫。找个地方歇一会儿吧。农夫想到这儿，在路边坐下来，从怀里掏出干粮，大口大口地吃了起来。

突然，他在身边的地上发现了一条被冻僵的蛇。这条蛇耷拉着脑袋，就像死了一般。“这条蛇只是冻僵了，看样子还能救活。”农夫心想着，便把这条蛇拾起来，放进自己的怀里。这时，他又想：蛇是会咬人的，如果它醒来之后咬我一口，我这条老命就没了。想到这儿，农夫一把将冻僵的蛇丢在地上，站起身，继续赶路。

走着走着，农夫的脚步又慢了下来。“蛇是会咬

人的，可是我如果把它救了，我就是它的救命恩人。对待恩人，它难道会恩将仇报，再咬我一口吗？不可能，绝对不可能！”

想到这儿，农夫转身走向那冻僵的蛇。

这个好心的农夫弯下腰，将蛇拾起，贴着肉放进怀里，然后继续赶路。走了一阵子，农夫觉得那蛇在怀里动了动，心想：好哇！看来这蛇是能救活的。农夫又走了好一阵子，那蛇猛地动了起来，接着就向农夫温暖的胸膛狠狠地咬了一大口。

“啊！”农夫痛得捂住胸膛，叫了起来。蛇毒进入农夫的血液，很快就蔓延到了他的心脏。农夫只觉得眼前的一切都变得模糊不清了……

狐狸和葡萄

一只饥饿难耐的狐狸抬头看见葡萄架上挂着一串串晶莹剔透的葡萄，不由得垂涎三尺，想要摘下来吃，可是又够不到。

他仰着头在那里看了一会儿，最终也没想出好办法，只好无可奈何地走了。

他一边走一边自我安慰："这葡萄还没有成熟呢，肯定酸得要命！"

狗、公鸡和狐狸

狗和公鸡是好朋友，他们约好一起去旅行。天黑时，他们在一个树林里过夜。公鸡飞到一棵树的枝头上蹲着，狗睡在下面的树洞里。天亮时，公鸡照常大声喔喔啼叫起来。

狐狸听见他的叫声，想要拿他当早饭吃，就走过来，站在树底下，对公鸡说：“你下来吧，我是多么诚心诚意地希望能和发出如此出色声音的朋友一起合唱。”公鸡对狐狸这么客气十分怀疑，说：“先生，我请你帮个忙，绕到我下面的树洞里叫醒那守夜的，让他击树伴奏。”狐狸走近那树洞时，狗一下子跳出来，把狐狸赶跑了。

狮子和狐狸

狮子变老了，他体力衰弱，眼花手拙，跑起来连一头小牛都追不上。

“唉！几天都没吃东西了。”狮子有气无力地说，“现在这把年纪，不能拼体力了，得想些其他法子。”

他把自己的毛弄乱，躺在离洞口不远的地方，不停地哼哼。

一只野羊经过洞口，狮子对他嚷道：“哎哟，哎哟！给我弄点药草吧。”

野羊抓了药草，刚走到狮子身边，就被狮子扑倒，一口吞掉了。

野牛、斑马经过洞口，狮子用同样的办法把他们骗进了肚子。

狐狸发现动物们进洞之后再也没有出来，觉得其中一定有诈。于是，他远远地站在洞外，并不进去。

“狮子大人的身体怎样了啊？”

“唉，不太好。”狮子回答说，“你怎么不进来啊？给我揉揉身子吧。”

狐狸说：“我发现进入洞口的足迹很多，但是，能走出来的足迹却一个也没有。所以，我可不敢冒这个险啊。”

智者的高明就在于能够见微知著。

驴子和他的主人们

驴子在人类的印象中一直都是又蠢又笨的形象，然而这并不代表他们没有思想，不会反抗。就像眼前这头驴子，正不停地用他那洪亮的嗓门叫唤着，似乎在历数主人的种种罪状。

宙斯[①]认真地听着。驴子也越说越委屈："我的主人是贩卖草药的，他每天让我天不亮就起床干活，不是在田里帮忙播种，就是驮着货物翻山越岭，最重要的是连饭也不让我吃饱。虽然我对这个地方还有留恋，但是不公平的待遇让我不得不离开这个伤心的地方。神，请您帮我找个新主人吧！"

宙斯点点头，驴子只觉得一阵天旋地转，之后便掉落到一个完全陌生的地方。

① 宙斯：希腊神话中的主神，威力无边。能降祸赐福，并掌管雷电风雨，是人类和诸神的主宰。

他仔细地将周围环境扫视一圈，心就凉了半截。以前虽然日子清苦，可是他从来没有在这样一个肮脏的地方干过活。他看看脚下，全都是黑乎乎的泥土，还有监工手执皮鞭凶神恶煞地站在那里，自己只是发了一下愣，身上就挨了一记皮鞭，火辣辣地疼。

驴子心中委屈不平，突然感觉背上一沉，差点儿踉跄跌倒。驴子回头一看，原来是背上放了满满两袋黏土，真是重得要命。

驴子累得龇牙咧嘴，好不容易到了目的地。他将泥土卸下，正准备休息片刻，舒缓一下疲惫的身体，背上又被人放了两筐陶器。驴子无可奈何地站了起来，正慢吞吞地向前挪着步子，无情的皮鞭又抽在了身上，疼得驴子立刻加快了脚步。

这样一天下来，驴子感觉浑身已经散架了，身上还有很多条鞭痕。他委屈地想：这个陶工主人还不如卖草药的主人呢！于是驴子又去找宙斯，请宙斯再给他寻一个好主人。

宙斯沉默片刻，直接把他送到了一个制革匠那里。

驴子醒来一看，墙上挂满了牛羊的皮毛，而制革匠正拿着尖刀给其他动物剥皮呢！他吓得差点儿昏死过去，却听到制革匠兴奋地喊道："今天正好差一张驴皮，神就给我送来了！"

驴子后悔不已地喊道："我真不幸啊！留在以前那些主人那里该多好！现在连皮都得交给这个主人了。"

驴子和骡子

驴子和骡子来到同一个主人那里工作。吃东西的时候，驴子发现，主人给骡子的食物要比给自己的多出一倍。

驴子想，骡子的身体比自己强壮，主人肯定也想让骡子多驮点东西，所以才会多喂他一些饲料。这样想着，驴子也就不那么介意了。

第二天，主人在驴子和骡子身上放了同样多的货物，让他们去往同样远的地方。这下驴子心里不高兴了，他向骡子抱怨说："喂！老兄，凭什么你吃的饲料比我多一倍，驮的货物却并不比我多？"

骡子沉默不语地出了门。驴子无奈，只好和骡子一起出发了。

刚走一段路，驴子就累得气喘吁吁。主人见状，把驴子背上的货物卸下一些，放到骡子背上。

开始爬山了，驴子爬到半山腰就觉得双腿发软。主人见他难以支撑，又将一些货物转移到骡子身上。

到了中午，驴子又累又渴，几乎快走不动了。这一次，主人把驴子身上的货物全都卸下来，让骡子负担双倍的货物。

骡子看了看驴子，说：“老弟，我多吃一倍的饲料，你现在还觉得不公平吗？”

人的世界也是如此，境遇是好是坏，不能只看到开始，而要静观事态的发展和结局。

野驴和狼

有一头野驴脚上扎了一根刺。这根刺扎得很深，野驴想尽办法也弄不出来。

这天，野驴来到一条小河边，想过河去吃草。他本来就一瘸一拐的，遇到河水，行动就更加困难了。

一只强壮的狼发现了野驴，又看见他的腿有些跛，便坚定了抓住他的信心，狂叫着朝他扑来。

野驴发现了狼，一闪身躲到河滩上，说："狼，你看我的腿已经跛了，完全没有了逃跑和反抗的能力，我很愿意让你吃掉！"

"行，你还算识相！"狼说。

"不过，死之前，我还有一个小小的要求，希望你能满足我！"野驴说。

"说吧，我尽量满足你！"狼很爽快地说。

野驴说："我的后蹄上扎了一根刺，已经困扰我很久了，我死之前想请你帮我把刺拔出来，行吗？”

“行，哪个蹄子？抬起来让我看看！”

野驴抬起一条后腿，狼果然看见他蹄子中央扎着一根刺，而且已经化脓了。狼用牙齿咬住刺，很顺利地拔了出来。

野驴顿时觉得一阵轻松，他抬起后腿，用力往狼头上踢去。砰的一声，狼脑袋被踢得鲜血直流。野驴立刻逃走了。

野驴的蹄子不疼了，他轻松地往河对岸奔去。

农夫和他的儿子们

从前，有个农夫感觉自己的生命即将走到尽头，可是心里实在放不下几个儿子。因为与自己的勤劳不同，儿子们并不热衷耕种的事情，他们有些懒惰。农夫为儿子们愁白了头发。儿子们如果不辛苦劳作，以后恐怕连饭都吃不饱！而且自己积攒了一辈子的耕种经验，不传给他们也太可惜了。

这天，趁着自己还能开口说话，农夫将儿子们召集起来，对他们说："孩子们，我即将离开这个世界了。可是我担心你们以后的生活，所以在葡萄园里埋了一些东西，你们去把它们统统找出来吧！"

不久，农夫就去世了，儿子们安葬了父亲之后就一起到葡萄园中寻宝。平时儿子们总觉得挥锄刨土是件特别辛苦的事情，可是今天竟然充满了干劲，不一会儿就翻了好大一片土地。儿子们就这样满怀希望地忙碌了好一阵子，丝毫不觉得累。

日复一日，儿子们依旧什么也没有挖到，葡萄园里的地已经被翻了几遍了。他们不免怀疑起父亲来：“会不会父亲见我们平时懒惰，临死之时还要教育我们一回？”

也有人持反对态度：“父亲一直对我们疼爱有加，因为种地的事情，我们把他气得不轻，他也没有过多地责备我们，我不相信父亲会愚弄我们。”几个儿子争吵起来。

转眼就是秋天，葡萄园里的葡萄要收获了。儿子们只好放下成见，一起来到葡萄园里。他们惊讶地发现，葡萄架上挂满了葡萄，而且长得比以往都要好，圆滚滚的，像一颗颗紫色的珍珠。

这时，有人醒悟过来：“我明白了，在葡萄园中寻宝不过是父亲的谎言，他是想告诉我们，勤劳才是最宝贵的财富！”

披着狮皮的驴子

驴子的主人得到一张狮子皮，主人家的儿子把狮皮盖到驴子身上。

“哎呀，驴子变成狮子了，哈哈！”小主人拍手笑道。

驴子听到小主人的夸赞，洋洋得意。他想：我就披着这狮子皮出去，准保威风凛凛，人们再也不敢把我当奴才使唤了。

披上狮皮的驴子到外面走了一圈，人和动物都以为真是狮子来了，对他又怕又敬。

他昂着头走到路口，一阵大风吹来，狮皮被吹跑了，驴子立刻原形毕露。

主人赶过来，甩起皮鞭把驴子抽了一顿。

驴子又变回了驴子，灰溜溜地回去了。

驮盐的驴

在火辣辣的太阳底下，一头驴正驮着几袋盐跑着，他已经累得满头大汗了。忽然，他的眼前出现了一条清澈的小河。驴高兴极了，走到小河边，准备在那儿喝几口水，解解渴。驴没踩稳，蹄子一滑，砰的一声摔倒在了小河里。幸亏河水不深，驴赶紧爬起来，站在河中。

他准备再过河时，发觉背上的分量减轻了许多，走起来也不再感到吃力了。驴乐坏了，他想：这河水真是有魔力的。我在河里摔了一跤，沾了点儿魔水，我的力量就大多了，背上的盐也轻了好多。我一定要记住这个奇迹。

没过多长时间，驴又运东西了，这一次驮的是棉花。看起来很大很大的棉花口袋，其实分量不重。驴驮着几大袋棉花，走起来相当轻快。

驴又走到了这条小河边，他兴奋极了，不由得想：背上的口袋虽然驮着并不重，但如果我沾上那魔水，不就会更轻了吗？我的力气也会更大些，跑起来更轻松啊！

驴向河中心冲去，故意一滑，摔倒在小河里。他这一次可是有准备的，故意慢吞吞地在河里泡了一会儿才站起来。

哎呀，背上的棉花怎么变得这么沉了？太可怕了，比上次的盐还沉很多，自己沾了河水，也没见长力气，反而驮不动几袋棉花了。

驴挣扎着上了岸，他决定看个究竟。没错，路还是那条路，河还是那条河。他左思右想，怎么也想不明白，沾了“魔水”的棉花为什么变重了。

老狼和母山羊

母山羊在陡峭的山崖上吃草。

一只饥饿的老狼来到山崖下，仰望着母山羊，却无法捉到她。

老狼假惺惺地对母山羊说："喂，朋友，赶快下来吧！小心！可别一不留神掉进山谷里，那儿太危险了！"

母山羊听了，没理他。

老狼又深情地喊道："我是真心关心和爱护你的，快下来吧！"

母山羊心里明白，老狼这是没安好心。所以，她还是没理他。

老狼并不死心，又耐着性子劝道："我这里是一片草地，好得很哪！你看，这青草长得多么茂盛、多么鲜嫩，还有许多野花呢！听我的没错，快下来吧！"

母山羊早已看透了老狼的诡计，回答道："你不是真心喊我去吃草，而是让我去填饱你饥饿的肚子！"

母山羊说完，又在那陡峭的山崖上，安全地吃起草来。

老狼无可奈何，只好离开了。

买驴

有个农夫种了不少庄稼，快要收割时，他觉得仅靠人拉肩扛肯定很费体力，便想到集市上买一头驴回来。

他来到集市，有个牵驴的人向他走来，问道："朋友，想买驴吗？"

"是！"农夫说。

"看，我这头驴长得膘肥体壮，可是头好驴呀！"卖驴人说。

"是的，看上去不错。不过，它是头好驴还是懒驴，光凭你说可不行，我要牵回去试试！"农夫说。

"行啊，"卖驴人递过缰绳，"这没问题！"

农夫和卖驴人一起把驴牵回家，放到自家的驴中间，放开了缰绳，看驴的动静。这头驴来到一个新环境并不感到陌生，它和这头驴碰碰头，和那头驴挨挨耳朵。最后，它和一头好吃懒做的驴站在一起，亲热起来。

农夫走过去牵起缰绳，把驴还给卖驴人，说："对不起，这头驴我不能买！"

"为什么？你还没试过它呢！"卖驴人说。

农夫说："不必再试了。依我看，挑选什么朋友，自己一定就是什么货色。"

小螃蟹和母螃蟹

小螃蟹长大了，母螃蟹带他出门去见世面。

一只小乌龟趴在岩石上，小螃蟹好奇地瞧着。

“注意一点儿，你身子弱，不要靠近湿漉漉的岩石。”母螃蟹叮嘱道。

又走了一会儿，小螃蟹看见一群大象。

“遇到这样的情况，就要直着走路，否则，你很容易被大象踩扁。”母螃蟹对小螃蟹说。

“妈妈，那怎样才能直着走路呢？”

母螃蟹左走走、右走走，可无论怎么样都是在横着走。

“妈妈，您自己都不会直着走路，那我又如何是好呢？”

田鼠和家鼠

田鼠住在乡野的田里，家鼠住在人类的家里。

一天，田鼠邀请家鼠到他家中做客。家鼠高高兴兴地来到乡下，却发现田鼠的家陈设简陋，低矮的木桌上只摆了大豆、玉米和麦子等食物。

田鼠驮来几颗野果摆在桌上："这可是特地为你准备的，新鲜采摘的葡萄！"

田鼠尝了尝野葡萄，摇了摇头说："不够甜啊！看来你过的日子很清苦，每天就只有一点谷物吃。不如你到我家里去坐坐，保准让你大饱口福。"

第二天，田鼠来到家鼠的住处。家鼠的房子像宫殿一样高大又豪华，屋里有一张大大的桌子，桌上放着枣子、大豆、蜂蜜和面包，一旁的奶酪散发出诱人的香味，一个大大的玻璃盘里盛放着五颜六色的水果。

田鼠第一次见到这么多吃的，他大为震惊，不禁发出啧啧声："真是色香味俱全啊！你生活的地方简直就是天堂！唉，可怜我乡下人，日子是多么穷苦。"

他们正要品尝美味，忽然听到一阵门响，没等田鼠反应过来，家鼠就拉着他刺溜刺溜跑进一个墙洞里躲了起来。

家鼠警惕地听着，见没有什么动静，才拉着田鼠又上了桌。

他们刚想吃口无花果，门又响了，家鼠又拉着田鼠躲进了洞里。这回，田鼠看清楚了，这是人类的家，一个男人踱着步子走了进来。

田鼠已经没有了食欲。他对家鼠说："兄弟，你跟人类住在一起，虽然能常常吃到美味佳肴，但那都不是你的，而是你偷拿别人的东西。你不但要担惊受怕，还得个坏名声，真不如我住在乡下，虽然吃的粗糙，却落得安心踏实。"

老鼠和青蛙

老鼠生活在地上，青蛙生活在水里，可老鼠偏偏要跟青蛙交朋友。

开始的时候，他们还很快乐。青蛙总是来到水边，跟老鼠在草地上翻跟斗。老鼠也会来到水里，跟青蛙学习游泳。

老鼠还摘来玉米、稻谷给青蛙吃，青蛙也把自己捉到的虫子给老鼠吃。“青蛙，水里的虫子真好吃啊，要不是交上了你这个好朋友，我还吃不到呢。”

“哈哈，你到我家来，还会有更好吃的呢。”

“好啊，可我怎么才能到你家呢？”

“把我俩的脚拴在一起，我们一起游过去吧。”

青蛙找来一根绳子，把他俩的脚拴到了一起。青蛙游向哪儿，老鼠也游向哪儿。老鼠觉得在水面上游泳好舒服呀，湖水清清凉凉，荷叶散发着清香。

“荷叶的味道真好闻，真想吃上一口。”老鼠叹道。

“荷叶闻起来香，吃起来并不香。真正好吃的是藕！”

“那咱们去吃藕吧。”

“没问题，跟我来！”

老鼠张开嘴巴，刚想回话，青蛙却猛地沉下去。老鼠冷不防地被青蛙拽到水下，被憋得无法呼吸，想上岸却没有力气，想喊却喝了一肚子水。

没过几分钟，老鼠就被淹死了。他的身体里灌满了水，渐渐浮出了水面。

老鹰看到了翻着肚皮的老鼠，迅速飞下来。青蛙的脚还拴在老鼠脚上，没等他解开绳子，老鹰就张开两只鹰爪，将老鼠和青蛙都捉了去。

老鼠和黄鼠狼

黄鼠狼是老鼠的天敌，一只黄鼠狼一年可以消灭很多老鼠呢！

当然，老鼠也不甘心当黄鼠狼的美餐。这天，老鼠们聚在一起，商量对付黄鼠狼的办法。

“我认为，我们之所以屡遭蹂躏，就是因为我们没有将领，作起战来完全没有章法。这样怎么能战胜黄鼠狼呢！”一只老鼠说。

“太对了，我们应当马上推选出几位将领，指挥我们作战！”另一只老鼠说。

于是，老鼠们经过认真讨论，推选出了三位将领。将领们想要显示自己不同于其他同类，便将自己武装了一番。他们把稻草缠在头上，这样就显得威风多了。

三位头上缠着稻草的老鼠将领率领队伍向黄鼠狼

冲去。黄鼠狼一见到他们，高兴地说："哈哈，你们是不是都疯了？"

老鼠们二话没说，在三位将领的指挥下向黄鼠狼发起了进攻。

但可怜的老鼠哪里是黄鼠狼的对手呢？他们刚一交手就败下阵来，纷纷钻进了鼠洞里。那三位将领因为头上缠着稻草，无论怎么用力，都钻不进洞去，结果全被黄鼠狼捉住吃掉了。

生金蛋的鸡

有一对懒夫妻，他们不愿意靠劳动致富，一天到晚只做着不费力气就发大财的美梦。

他们运气很好，不知从哪里得来一只母鸡。可那夫妻俩却在想：母鸡有什么用？不够吃一天的，明天把它杀掉算了。

第二天一早，丈夫睡不着，提着刀杀鸡去了。妻子躺在床上不愿起来。忽然丈夫跌跌撞撞地冲进屋里说：“快起来看，母鸡下了一只金蛋！”妻子不信，以为丈夫是在骗她起床。丈夫不管三七二十一，一把将她拉到鸡窝旁边，捡起金蛋。妻子瞪着眼一看，果然是一颗金灿灿、沉甸甸的金蛋。

夫妻俩你捧一会儿我拿一下，谁都不舍得放下。后来这夫妻俩为鸡做了最舒适的窝，给它喂最好的食物。鸡吃好、住好后，每天都给他们下一个又大又沉的金蛋。靠着一天一个金蛋，夫妻俩发了大财，买了田地，雇了许多佃户，又盖起了大房子，日子过得舒服极了。

这天，夫妻俩商量道："干脆把鸡杀了，把它肚子里所有的蛋都掏出来，省得每天侍候它，还要给它那么多粮食吃。"说完，丈夫立即动手，剖开鸡肚子。二人凑上去一看：哎呀！哪里有什么金蛋！

再也没有金蛋了，他们懒惰成性，不愿意劳动，没过几年，家产就被他们耗光了，夫妻俩又过起了以前那样贫穷的生活。

猫和公鸡

有一只猫非常凶，他大概是吃老鼠吃腻了，便想换换口味。

这天，一只公鸡从猫窝旁经过。猫心想：这只公鸡又肥又嫩，一定比什么都好吃。于是，他便扑了过去，把公鸡抓住了。

公鸡说：“猫，你这是干什么？”

“不干什么，我想尝尝你的肉是不是足够鲜嫩。”猫说。

公鸡说：“你为什么要吃我？难道我惹你了吗？”

猫说：“你没有惹我，但是你每天清晨打鸣，吵得人睡不好觉，真叫人讨厌！”

“不对。我每天清晨打鸣，叫人早点儿起来工作，叫学生早点儿起来学习，人们都说要感谢我哩！”公鸡反驳道。

猫翘了翘胡子，又说：“你和你的姐妹与长辈住在一起，毫无道德，难道没有罪吗？”

“我们鸡类从古到今都是如此，这样可以给主人多生蛋，主人也从来没有说过我们什么不是呀！”公鸡理直气壮地回答。

猫被说得哑口无言，气鼓鼓地吼道：“就算你有理。可你别忘了，你就是有一千条一万条理由，难道就能阻止我吃掉你吗？”

猫和老鼠

从前，有一户人家，他家的粮仓里有许多老鼠。

猫知道后，便悄悄地跑到那里，躲藏在隐蔽处，只要一发现老鼠出来，就毫不留情地扑上去，抓住吃掉。就这样，他发现一只消灭一只。

老鼠们发现同伴一天天地减少，便提高了警惕，都躲入鼠洞里。接连几天，猫见不到老鼠的影子，心想老鼠一定是发现了自己，不能再这样坐等老鼠了。

猫沉思了好一阵子，终于想出了引鼠出洞的妙计。

猫爬上一根高高的木杆，吊在上面装死。

一只小老鼠走到洞口，小心翼翼地窥探了一下，见到猫的样子，便高兴地回洞里报告给了大老鼠们。

一只大老鼠走到洞口，大声地对吊在木杆上装死的猫说：“嘀，伙计，你哪怕变成一只皮袋，我们也不会到你跟前去的！”

狼、绵羊和公羊

狼和羊的关系向来就不好。狼常常欺侮羊，把羊作为自己的盘中餐；羊呢，自然也对狼怀恨在心、处处提防。

狼跟狗原本是亲戚，他们长得很像，都身强体壮、出手敏捷，还都有一口尖利的牙齿。但是，狗跟狼很早就分了家，却跟羊成了世交。每个羊群旁边都会围着几只狗。狼见到羊有狗守护，即便是饥肠辘辘，也只能远远地看着。

狼首领觉得这样下去不行，他想要把对羊的占有权夺回来。

这天，狗暂时离开了羊群，狼首领派了几个代表去跟羊谈判。

一只老狼说：“看到你们跟狗亲如一家，我们甚为羡慕，也后悔过去总让你们担惊受怕。如今，我们决定向狗先生学习，也把你们视为家人。”

另一只狼说：“是啊，百年以前我们跟狗就是亲戚。狗现在跟你们那么亲，所以，我们也跟你们是亲戚。”

绵羊听到狼这么说，有点心软：“也许他们是真的良心发现了。”

第三只狼逼近了羊群：“我们比狗更加强壮，所以更能保护你们。只要你们把狗交给我们，我们就会成为你们新的保护者，跟你们住在一起！”

但是，年迈的老公羊早已看出了狼眼里的凶光，他挡在绵羊面前，高声说：“我吃青草的时候，狗总是忠实地守护在一旁。然而，我看到远处的你们，仍然会后背发凉。无数事实证明，你们是狼性不改。滚出去吧，狗回来了，我们也不会听凭你们摆布！”

狼和小羊

狼来到小溪边，看见一只小羊正在那儿喝水。

狼非常想吃小羊，就找了个借口，说："你把我喝的水弄脏了！你安的什么心？"

小羊吃了一惊，温和地说："我怎么会把您喝的水弄脏呢？您站在上游，水是从您那儿流到我这儿来的呀！"

狼气冲冲地说："就算这样吧，你也是个坏家伙！我听说，去年你在背后说我的坏话！"

可怜的小羊喊道："啊，亲爱的狼先生，那是不可能的事，去年我还没有出生呀！"

狼不想再争辩了，龇着牙，逼近小羊，嚷道："你这个小坏蛋，说我坏话的不是你就是你的爸爸，反正都一样。"说着就向小羊扑了过去。

放羊娃和狼

从前，在一个小村庄里，住着一个放羊娃。放羊娃年纪还小，他每天做的事就是把羊群赶到对面山上去吃草，傍晚的时候再赶回来。

这一天，他把羊群赶上了山，让它们在山坡上吃草，自己躺在地上，看着蓝天白云发呆。他觉得很无聊，决定想个主意来捉弄捉弄人，寻寻开心。

他从山上跑下来，装成慌慌张张的模样，边跑边叫喊："狼来了！狼来了！大家快来帮忙，大灰狼来吃我的羊了！快来帮帮我呀！"

人们正在田地里忙碌，一听他这么喊，都停下农活儿，扛起锄头、铁锹来到孩子面前，问道："狼在哪里？快带我们去吧。"有的安慰小孩子："别怕，别怕，我们一块儿去打大灰狼。"

放羊娃看到大家都上当了，大笑着说："哈哈哈，

你们都上当了。哪里有什么大灰狼，我是闹着玩儿的。”

受骗的村民们气得说不出话来。

第二天，放羊娃又从山上冲下来，对着田里的人高喊：“快来帮忙啊！狼来了，这次是真的！大灰狼就在山上，大家快来呀！”

人们又相信了，带上镰刀、锄头、铁锹冲上山来。大家一看，哪儿有大灰狼的影子，只有羊在那里安安静静地吃着草，这才明白又上了放羊娃的当了。

后来有一天，狼真的来了。狼窜入羊群，咬死了很多羊。放羊娃对着村里人拼命喊救命，村里的人却以为他又在像往常一样说谎、开玩笑，没有人再理他。

结果，他的羊全被狼吃掉了。

小山羊和狼

一天，一群山羊在山上吃草。春天草原上的草又鲜又嫩，羊群吃得特别开心，一直到下午才慢慢地往回走。

一只贪玩的小山羊吃饱了，他一会儿去追蝴蝶，一会儿去闻野花，渐渐地脱离了羊群。

一只狼早就在跟踪这群山羊了，只是由于牧羊犬在羊群里看守着羊，他没法儿下手，所以一直偷偷地跟着羊群，等待机会。

狼扑到离群的小山羊跟前，抓住了小山羊的一条腿，说："小东西，你就当我的晚餐吧！"

小山羊并没有惊慌，而是镇定自若地说："狼先生，我很愿意成为您的晚餐，我甚至把这看作我的荣幸呢！"

"小东西，你可真乖，我就喜欢你这样的乖孩子！”狼龇牙咧嘴地笑着说。

“不过，狼先生！”小山羊说，“听说您的箫吹得棒极了。在您吃我以前，您吹箫，我来跳一段舞，行吗？”

“难得你这么看重我，行，我们为什么不马上开始呢？”狼拿过箫，兴致勃勃地吹了起来。

狼鼓起嘴巴吹着，小山羊边唱边跳，越唱声音越大。他的歌声被牧羊犬听见了。几只牧羊犬听出小山羊遇到了危险，一起狂叫着奔来。

狼一看情况不妙，扔下箫逃走了。他边逃边说：“我真是活该，我本来是屠户，为什么要扮演乐手呢？”

狼和绵羊

一群狼冲进一群绵羊中，大吃一顿后，高兴地号叫着。

这时，一只狼看见一只母绵羊倒在地上，但身上并没有一处伤口。狼看了觉得很奇怪，以为母绵羊肯定是因为胆子小，被刚才的血腥场面吓晕了。

狼走到她面前，说：“可怜的母绵羊，你太善良了。不过，只要你肯向我说三句真话，我就放了你，绝不伤害你！”

母绵羊说：“你说话算数吗？”

“当然，一定不骗你！”

母绵羊说：“第一句真话是，我实在不愿意碰见狼，因为碰见狼就意味着遭殃。第二句真话是，如果命中注定要碰见，就让我碰见一只瞎眼狼，那样，我或许还能保住性命。第三句真话是，但愿所有的狼都不得好死，因为我们一点儿也没有妨碍你们，而你们却总要与我们为敌！”

“三句话说完了？”狼问。

“说完了,看你能把我怎么样！”母绵羊坚定地说。

“不错，你说的都是真话，我也说话算话！”狼说完，丢下母绵羊，走了。

狼和羊

一位牧人养了一群羊和一只猎狗，这只猎狗既勇敢又凶猛。每天，当羊群在山上吃草时，他就在一旁认真地守护着，一点儿也不松懈。

几只狼早就在打这群羊的主意了，他们看着这些长得又肥又壮的羊，馋得口水直流。但是，羊群有猎狗保护着，他们总找不到机会下手。

“只有把猎狗除掉，我们才能有羊肉吃！”一只老狼说。

“太对了，可除掉猎狗并不容易呀！”几只狼说。

“我有办法！”老狼说，“我马上就去！”

于是，老狼瞅准机会，溜进了羊群。他对羊说：“朋友们，我这次是代表狼来向你们讲和的。其实，我们之间并没有任何矛盾，就是因为猎狗总在我们之间挑起事端，所以才弄得关系如此紧张。只要除掉了猎狗，我们就可以和平相处了。”

“怎么才能除掉猎狗呢？”羊问。

“这很简单。只要你们几只公羊一起用角去戳猎狗的肚子，他就完了！”老狼说。

“如果我们除掉了猎狗，你的承诺一定要兑现啊！”几只公羊说。

“没问题！”老狼拍着胸脯说，“这事包在我身上，我拿‘狼格’担保！”

羊听信了老狼的话，果真用角把猎狗戳死了。

羊群没有了猎狗的保护，狼就对他们不客气了。老狼带着几只狼冲进羊群，一口气咬死了几只羊。

“喂，老狼，你是怎么向我们承诺的？”羊质问道。

“承诺？我向你们承诺了吗？承诺了什么呢？”老狼一副无赖的嘴脸。

羊后悔不已，但为时已晚了。

母蝙蝠和黄鼠狼

晚上，一只蝙蝠在空中飞着，她眼瞎耳聋，一不小心就跌在了地上。

黄鼠狼看见了，连忙跑过来，一下逮住了蝙蝠。蝙蝠眼看自己要进入“狼腹”，便哀求黄鼠狼不要杀她。

“嘿嘿，这世上所有的小鸟我都吃过，唯独没吃过你。今天你既然送上了门，我怎能放过你？”

“误会呀误会。我根本就不是鸟儿，你看看，我有耳朵，鸟类哪有耳朵呀？我的孩子还等着我回去哺乳——鸟类的孩子怎么会吃奶呢？求你行行好，放过我吧。”

黄鼠狼刚当上爸爸，他相信了蝙蝠的话，放走了蝙蝠。

过了很久，这只蝙蝠又跌在了地上。小黄鼠狼看到了，急匆匆冲过来，按住了他。

这回蝙蝠没那么害怕了，她大声喊道："放开我，我跟你无冤无仇，肉也不那么鲜美，你干吗要捉我？"

小黄鼠狼说："我父亲曾经告诉过我，蝙蝠属于鼠类，从前他不小心放走了一只蝙蝠。这回，我一定不会放过你！"

"误会呀误会！"蝙蝠被黄鼠狼紧紧压着，痛得龇牙咧嘴，"我分明是一只鸟啊。虽然我长得像老鼠，可是你见过哪只老鼠有翅膀呢？"

小黄鼠狼想看看蝙蝠的翅膀，便松了松爪子。蝙蝠趁机钻出来，扑扑翅膀飞走了："你看看我，飞得多高，是不是一只鸟儿？"

小黄鼠狼仰着脖子看了看，唉，不管蝙蝠是什么，他肯定是捉不住蝙蝠了。

蝙蝠巧舌如簧，两次更改自己的名号，保全了自己的性命。但是，从此以后再也不会有人知道，蝙蝠到底是鸟类还是鼠类。

狼和老太婆

偏僻的山脚下，有一座孤零零的农舍，里边住着一个老太婆和她的小孙子。

一只饥饿的狼正四处寻觅食物，当他来到这家农舍时，突然听见小孩儿哇哇的哭声。狼走到农舍的窗下，想要听个究竟。

这时，只听老太婆吓唬小孩儿说："别哭了，再哭，我就马上把你扔出去喂狼。"狼听了老太婆的话，信以为真，便在门外等着被扔出来的小孩儿。

天渐渐黑了，狼听见老太婆哄那小孩儿说："天黑了，好宝宝，快睡觉吧！这回如果狼来了，我就把他杀死。"

狼听了老太婆这一番话后，吓得连忙逃跑了。他一边跑一边说："这老太婆怎么说的是一套，做的又是另一套呢？"

老狼和牧人

在一个村庄里，有个牧人养了许多羊。他很喜欢他的羊，总是精心地照看羊群。

一只老狼早就对牧人的羊群垂涎三尺，几次想偷羊吃。可是牧人看得很紧，老狼没有机会下手。老狼不甘心，他绞尽脑汁，终于想出了一个办法。

这天，牧人又来放羊了。老狼慢慢地靠近羊群，在羊群周围转来转去，好像牧羊犬一样。

牧人见了觉得很纳闷儿，心想：老狼怎么不伤害羊呢？为什么只是打转转？想到这儿，牧人警惕地监视着老狼的一举一动。

这时，冷不防从附近山坡上蹿出一只灰狼，凶猛地朝羊群扑来。牧人正准备开枪，却见老狼猛冲上去，截住了灰狼。两只狼撕咬起来，他们咬得鲜血四溅，狼毛乱飞。

经过一番拼杀，灰狼被老狼打败，夹着尾巴逃跑了。老狼呢，又像牧羊犬一样，在羊群周围巡逻。

牧人高兴地向老狼招招手。老狼慢慢地走过去，驯服地摇摇尾巴，舔舔牧人的手，真像一只温驯的狗。牧人完全相信了他，决定把他带回家，让他帮忙牧羊。

过了几天，牧人外出办事，便把羊群交给老狼看管。他对老狼交代了一番后，放心地走了。

等牧人走远了，老狼心想：哈哈，我终于熬出头了，这个笨牧人这下可上当了。我现在可以肆无忌惮地吃羊了。于是，老狼贪婪地吃起羊来。

老狼吃饱了之后，又想："只吃饱肚子，那我也太亏了！这些天我多委屈呀，居然干起狗的活儿。嗯，我要多吃几只羊。但我一下子也吃不了那么多呀，那岂不便宜了牧人？"老狼决定除了带走几只羊外，还要把羊圈里的羊全部咬死。

牧人办完事回到家里，进门一看，羊全被咬死了，老狼也无影无踪了。牧人后悔地说："我真糊涂！我怎么会把羊群交给狼看管呢！我竟然忘了，不管狼怎么伪装，吃羊的本性是不会改变的呀！"

狼和鹭鸶

狼吃东西时不小心吞下了一块骨头，骨头正好卡在喉咙里，既吐不出来，也咽不下去。他难受极了，就四处奔走，寻访医生。

走着走着，他遇见了鹭鸶，说："鹭鸶，如果你能取出我喉咙里的骨头，我会给你一大笔钱。"鹭鸶听后，深深地吸了一口气，把自己的头伸进狼的喉咙里，用尖嘴巴叼住那块骨头，慢慢地向外拖。

鹭鸶叼出狼喉咙里的骨头后，就向狼要那笔谈好的酬金。

狼凶相毕露，大声训斥说："喂，朋友，你能从狼嘴里平安无事地收回头来，难道还不满足？还要索要报酬？"

系铃铛的家狗

有一只家狗，看上去很漂亮，但脾气暴躁、性情凶猛。别人并没有招惹他，他却把人家当作坏人，冲出来狂咬一顿。

他的主人怕他闯祸，就在他的脖颈上系了一个铃铛。这样，一听到铃铛声，人们便会警觉起来，提前避开这只狗。

丁零，丁零，丁零……

家狗一走路，铃铛就响起来。他想：嘿，这铃声只在官邸门前听过，主人把铃铛送给我，可见我是多么尊贵啊。于是，家狗大摇大摆地来到街上，想让人们看看他的铃铛。

丁零，丁零，丁零零……

孩子和老人们听到这铃声，紧张得都不敢走路。

“看啊，人们现在见了我，都对我肃然起敬。”家狗更为得意了，头昂得更高，眼睛只看着天上。

街那头的母狗见他这副模样，跑过来用脚踢了踢他："嘿！低头看看吧。看看你走过的地方还有几个人在！"

家狗回头一看，街上空荡荡的，人们都躲到了屋里，不敢出来。

"哈哈，我系了这铃铛，比以前更威风了呀。"

"唉！"母狗摇摇头，"主人给你系上铃铛，并不是想显示你的威风，而是要提醒人们，你虽然长得一副好面孔，却是一只咬人的恶狗，对你要避而远之！"

河里衔肉的狗

有一条智商超群的狗，什么东西一学就会。他的主人精心训练他，好让他成为一条出色的猎狗。一天，主人让他到河对岸去寻找食物，然后把食物叼回来送给主人。

这样的练习其实已经进行过很多次了。刚开始时，这条狗还很认真，找到食物后会迅速游回主人身边。但练习了几次，狗觉得已经驾轻就熟了，也就不像先前那么紧张了。

他来到对岸，闻闻花香、闻闻草香，见到草地上的虫子就扑上去玩一玩。“嗯——”狗耸了耸鼻子，“有肉味，牛肉味，我一上岸就闻到了，就在大榕树下！”

狗玩了一会儿，也没耽误太多时间，就从大榕树下叼起那块肉，飞跑到岸边，纵身跃入小河。

夏天的河水清凉又干净，游起来真是一种享受啊。狗尽情地游着，不时还看看河水。咦？水里怎么也有一条狗，跟我长得差不多大呢。咦，他嘴里也叼着一块牛肉，莫非以后也要成为猎狗？

这条狗有些好奇，也有些警惕。他又仔细看了看水下的狗。他比我肥一点，嘴里那块牛肉也比我的大。一个胖子的身手哪有我矫健？哼，我得把那块牛肉抢过来！

说时迟，那时快，狗迅猛地扎入水中，去抢夺那块更肥大的肉。

他浮出水面，才发现那块肥大的肉并不存在，自己嘴里的那块肉也顺水漂走了。

有的人虽然很聪明，但却败在了贪婪和嫉妒上。狗也是聪明的，但正因为如此，也就跟人差不多。

马、牛、狗和人

据说，宙斯创造世界上的万物时，赋予人的寿命并不长，可能和马、牛、狗的寿命差不多。

不过，人比其他的动物都聪明。人用自己的智慧，给自己建造了房屋。这样，不管刮风下雨、下雪结冰，人都住在暖和的房子里，既舒适又安全。

在一个寒冷的冬天，天又下着雪。马实在冻得受不住了，便来到人的门前，希望能得到一点儿温暖。人说："你可以进屋来。但是有一个条件，就是你必须把你的寿命送给我一些，让我活得更长些！"

马说："行，就把我的寿命给你十五年吧，总比今天就被冻死好！"

于是，人的寿命就在原来的基础上延长了十五年。

不久，牛也忍受不了严寒，也来找人保护他。

人说："行啊。还是同样的条件，把你的寿命也给我十五年吧！”

牛说：“好吧，过长的寿命对我已经毫无意义！”

于是，人的寿命又延长了十五年。

最后，狗也冻得要命，他看见马、牛都在人那儿过得不错，也来找人了。

人说：“反正也不多你一个，你就留下来吧。不过，规矩还是照旧。”

狗说：“反正我们狗的繁殖能力强，寿命短点儿也不怕！”

于是，人的寿命又延长了十五年。就这样，人的寿命已经有六七十岁了，这期间又被分成了几个阶段。

在宙斯给的岁月里，人纯洁善良，这一段是人的少年时期。

到了马给的岁数，人就变得好高骛远、骄傲自大，这一段是人的青年时期。

长到牛给的岁数，人开始扎扎实实地工作，也渐渐地有了成就，这一段是人的壮年时期。

活到狗给的岁数，人特别固执己见，动不动就大吵大闹、发脾气，这一段是人的老年时期。

铁匠和狗

有个铁匠很勤劳，每天叮叮当当地忙个不停。

铁匠养了一只小狗。他打铁时，尽管发出叮叮当当的响声，小狗仍满不在乎地睡大觉，好像什么也没听见。

当铁匠安静地吃饭时，那小狗便立刻溜到他的身旁，摇头摆尾，讨好主人。

铁匠随手扔给小狗一块骨头，小狗赶忙跑过去，抓起骨头就大啃起来，吃得那么香。

这时，铁匠问小狗："你这家伙，总是贪睡。为什么那沉重的打铁声丝毫也没影响你的睡眠，而我吃饭时的轻微响声却将你惊醒了呢？"

小狗一声不吭，只管啃着那块骨头。

劳动是一切幸福的根源，不劳动不得食。

家狗和野狼

一只饥饿的野狼，在月光下四处觅食，恰巧遇到了喂养得很壮实的家狗。他们相互问候后，野狼问家狗："朋友，你怎么这么健壮，吃了些什么好东西呀？我现在日夜为生活奔波，还要忍饥挨饿。"

家狗回答："你如果想要像我这样健壮，只要学着跟我干就行。"

"可以，可以。"野狼赶紧问，"干什么活儿？"

家狗回答："很简单，就是给主人看家守门，夜间防止盗贼进来。"

"什么时候开始干呢？"野狼说，"住在森林里，风吹雨打，我都受够了。为了有个暖暖和和的屋子住、不挨饿，干什么我都不在乎。"

"那好。"家狗说，"跟我走吧！"

他们俩一起上路了。走着走着，野狼突然发现家狗脖子上有一块伤疤，感到十分奇怪，问道："你脖子上的伤疤是怎么回事？"家狗说："没什么。"野狼继续追问："到底是怎么回事呀？"

"一点点小事，也许是我脖子上拴铁链子的项圈弄的。"家狗轻描淡写地说。

"铁链子！"野狼惊奇地说，"难道你是说，你不能自由自在地跑来跑去吗？"

"也不能这么说。只是不能完全随我的心意。"家狗说，"白天，主人把我用铁链子拴起来。但我向你保证，在晚上我有绝对的自由。"

家狗为了说明自己生活得很好，继续说："主人还常常把自己盘子里的东西喂给我吃，女佣也把剩饭拿给我吃。他们都对我倍加宠爱。"

"那好吧！"野狼说，"你去享用你的美餐吧。至于我，宁可自由自在地挨饿，也不愿像你一样套着一条铁链子过舒适的生活。"

猎狗和野兔

猎人带着他的猎狗去打猎。这一天他们收获不小，打到了三只野鸽子、四只野兔，还有一只野山羊。捕猎时，猎狗很勇敢，所以才有了这么多的收获。

太阳快下山了，猎人对猎狗说：“亲爱的，如果你在剩下的时间里还能抓到一只野兔，我就把猎物全给你吃，算是对你的奖赏吧！”

猎狗一听，本来疲惫的身体立刻来了精神，撒开腿奔上山坡，来到一片常有兔子出没的丛林边。

哈，猎狗的运气真不错，恰巧有一只野兔从他埋伏的地方经过。猎狗猛扑过去，把野兔抓住了。

猎狗异常兴奋，摁住野兔对猎人喊：“看，我胜利啦！”

猎人扬扬手，说：“好样的，你就好好享用一番吧！”

猎狗想好好把玩一番野兔再下嘴。于是，他时而咬咬兔子的下巴，时而舔舔兔子的嘴唇。

野兔受不了啦！他说道："你这个家伙，一会儿亲我，一会儿咬我，我不明白，你究竟是我的朋友，还是我的敌人？"

饥饿的狗

有几只野狗终日在草原上游荡，他们都不会捕猎，经常靠捡别的野兽吃剩的残渣为生。

可能是运气太差了，他们几天也没捡到半根骨头，肚子饿得咕咕直叫。没办法，几只狗只好来到一条河边，想先喝几口水再说。

“看哪！河中间漂着几张牛皮！”白狗顿时兴奋起来。

“真的，的确是几张牛皮！要知道，牛皮的味道还是很不错的呀！”黄狗说。

“是呀，得想办法让它们漂过来才行啊！”黑狗说。

于是，几只狗立刻想办法去够牛皮。他们先是用爪子捞，再找来树枝够，但折腾了半天毫无结果。

“哎呀，我们真傻，干吗这样费力呢？”白狗突然说。

“怎么，你有什么省力的办法吗？”其他狗问。

“很简单！”白狗自信地说，“我们只要把河水喝干，牛皮不就到手了嘛！”

“太对了！”“太聪明了！”其他几只狗说着，便趴到河边大口大口地喝起水来。

结果可想而知，这几只狗喝得都快把肚皮胀破了，河水却似乎一点儿也没减少。

狗和狼

一只狗守在主人的屋前睡觉，夜里突然来了一只狼。狼把狗按在爪子下面，张开大嘴，露出尖利的牙齿，凶恶极了。

“狼先生，你这是干什么？”狗镇定地问。

“我要吃了你！”狼很坦率。

狗说：“你吃我真是我的荣幸。不过，今天可不是时候！”

“什么时候才是时候？”狼问。

狗说：“再过几天，我的主人就要结婚了。结婚，你明白吗？就是要大摆宴席。到那时，我就会有很多肉吃，有很多骨头啃。哪会像现在这个样子，又瘦又小……”

“你不许骗我！”狼说话时很严肃。

“我怎么会骗你呢？我们狗的诚信度是最高的，

绝不像狐狸那样说假话！”

狼信以为真，就放开了狗，打算几天后来吃一只更肥的狗。

几天后的夜晚，狼如约而至。但他在屋前屋后找了三圈，也没见狗的影子。

“喂，狼，你是要找我吗？”

狼听见声音，抬头一看，发现狗正睡在屋顶上。

“你下来！别忘了前几天说过的话呀！”狼说。

狗笑了笑说：“如果你以后看见我在屋顶睡觉，就不要再等婚礼了！傻瓜！”

燕子和蟒蛇

在城市中，法院的建筑一般是比较宏伟的，不仅有高大的廊柱、宽敞的审判庭，而且还会有不少大树长在庭院里。

有一只燕子看中了法院的一棵大树，便在树顶上做窝、生蛋，并孵出了几只雏燕。他认为在法院这种公正的场所，是不会有危险的。

燕子天亮后就出去为雏燕觅食了。这时，一条蟒蛇爬到树上，一口一个，把几只雏燕吞掉了。燕子回来后，发现自己的孩子都不见了，而盘卧在树枝上的蟒蛇嘴角还挂着雏燕的羽毛。她悲痛极了，呜呜地哭着说："啊，我真可怜！为什么……"

住在另一棵树上的燕子听见哭声，连忙飞过来，问道："哭什么呢？遇到什么不幸了吗？"

燕子把发生的一切告诉了同类。另一只燕子说：

“唉，前几天我也和你一样遭了灾，我们都是受害者呀！”

燕子边哭边说：“我这样伤心，不仅仅是因为失去了孩子。我想不通的是，在这种为受害人申冤的地方，竟然也有人受害！”

穴鸟和大鸦

有只穴鸟身体长得特别肥壮，叫的声音也特别响亮。因此，他很是骄傲，至于他的同类，则没有一个让他看着顺眼的。

大鸦是生活在高山上的鸟类，他们一个个都长得很壮实，声音也不一般。这只穴鸟看见了，就想进入大鸦的行列，他觉得和大鸦一起生活才叫风光呢。

于是，穴鸟脱离了自己的群体，悄悄地混入大鸦群里去了。开始几天，大鸦并没有发现他，弄到食物时，还分给他一份。

几天后，穴鸟自以为大鸦们接纳了他，便得意忘形，忍不住哇哇地叫了起来。大鸦们一听，才知道他是混进来的一只穴鸟，便群起而攻之，纷纷用尖嘴来啄他。

穴鸟见自己暴露了身份，无法在大鸦群里待下去了，只好又回到了穴鸟群中。穴鸟们看见他便问道："喂，你不是已经成为一只大鸦了吗？"

"我是想成为一只大鸦，但他们不肯要我呀！"穴鸟不得不说实话。

"哼，你既然瞧不起我们，还有什么脸回来！"穴鸟们很气愤，也一起来啄他。

这只可怜的穴鸟没办法，只好到处流浪，日子过得很惨。

龟兔赛跑

树木发芽了，草露出嫩尖，动物们迎来了美丽的春天。

这天，猴子想了一个主意，让跑得最快的兔子和走路总是慢吞吞的乌龟来一场赛跑。他认为那一定很有趣。猴子画了一张大海报，贴在大树下。小鹿精心编了一个大花环，放在山坡上的松树下，并宣布："谁先跑到终点，拿到花环，谁就是冠军！"因为山羊是最公正的，就被大家推选为裁判员。

比赛快要开始了。乌龟认认真真地做准备运动。兔子呢，却不以为然，因为他是赛跑的常胜将军，从来没败在谁的手下，所以根本不把乌龟放在眼里。兔子不断向观众挥手致意，好像他必然是胜利者。

山羊裁判大声说："请乌龟与兔子就位！"在一片笑声、欢呼声中，兔子像离弦的箭一般飞跑出去，

一眨眼就冲到了半山腰。乌龟可就惨了，一步一步慢慢地爬，半天才爬到离起跑线一点儿远的地方。

兔子来到半山腰，回头看了看，心想：这乌龟爬得太慢了，我在这儿歇一歇，睡个觉再跑都不迟！于是，兔子在半山腰的绿草坪上睡起觉来。

乌龟动作虽慢，可一点儿也不松劲儿，一步一步向前进。他不断给自己打气："坚持到底就是胜利！"

渐渐地，他爬上半山腰了。

慢慢地，他越过兔子睡觉的地方了。

爬呀爬呀，他已经把睡大觉的兔子甩到后面了。

爬呀爬呀，他快接近终点了！

沿途的观众忍不住为乌龟的坚持喝起彩来，为他当起啦啦队："快快快！乌龟加油！"

喊声把兔子从睡梦中惊醒，他爬起来，拼命向山顶奔去。可是已经太迟了。

在大家的欢呼声中，乌龟率先到达终点，小鹿把花环套在了他的脖子上。

两个旅人和熊

一对朋友一同出去旅行，他们住同样的旅馆，去同样的地方，一路上形影不离，有了好吃好喝的就一同分享。

一天，他们走进一片森林。林中枝叶茂盛，越往深处走，就越见不到阳光，时不时还传来猛兽的嚎叫声。两个旅人都有点害怕。胖子对瘦子说："万一我们遇到了猛兽怎么办？"

"那我就蹲到一棵树下，用肩膀托着你，让你第一时间爬到树上去。"

不一会儿，他们听到狗熊的吼声。这吼声越来越近，伴随着熊的脚步声。两个旅人本想逃跑，但周围一片漆黑，也不知跑向哪儿。

瘦子急中生智，立刻爬上身边的树，躲到树叶里。

"快，快呀，朋友！"瘦子低声催促，"快爬上来啊！”

胖子也想爬树，但那头熊已经来到身边。胖子吓得扑通一声倒在了地上。

熊走近胖子，这里嗅嗅那里闻闻。胖子屏住呼吸，一动不动地装死。

传说熊是不吃尸体的。果然，那只熊把胖子从头到脚闻了一遍，就转身离开了。

熊走出好远，胖子才大喘了一口气。瘦子也从树上下来：“唉！真为你捏把汗啊，我的好朋友。”

“幸亏我运气好，那熊对我没兴趣。”胖子无力地躺在地上。

“熊到底对你说了些什么？”瘦子问。

胖子冷语相迎：“熊说啊，旅途中最能看出旅伴的本性，患难中最能试出友谊的真假。”

鹰和农夫

农夫在田里耕作时，发现一只鹰被捕兽夹夹住了。他赶忙奔过去扳开夹子，将鹰拿在手里。农夫见那只鹰十分美丽，惊讶不已，于是便把鹰放了。

那鹰在农夫头顶盘旋着，久久不肯离去，好像在向农夫表示：您的救命之恩，我永远不忘！

不久后的一天，鹰看见农夫坐在将要倒塌的墙下乘凉，就立刻朝下飞去，用爪子抓起他头上的头巾，缓缓地飞着。农夫站起来刚追了几步，那鹰就把头巾丢下来，归还给他。

农夫捡起头巾，转身一看，发现他刚才坐着乘凉的那堵墙已经倒塌了。

农夫十分动情地说："这是那只美丽的鹰在报恩哪！"

蚂蚁和鸽子

森林里住着一只勇敢的蚂蚁，有一天他决定到森林的另一边去游历。蚂蚁走啊走，沿途的风景很迷人。蚂蚁走过许多地方，又累又渴。他看见前面有个池塘，就赶快奔过去喝水，不想，一不小心滑进了水中。蚂蚁吓得慌了手脚，高喊："救命啊！"

池塘边的大树上住着一只鸽子，他听到蚂蚁的呼救声，急得团团转。突然，鸽子想出一个法子，他摘下一片树叶，丢给蚂蚁，叫道："快，快点儿抓住树叶，爬到上面去。"

蚂蚁爬上了树叶，说："鸽子，谢谢你救了我的命，以后有机会，我一定要好好报答你的救命之恩！"

鸽子笑了，说："不用谢，以后要注意安全！"

蚂蚁继续往前走，终于到了森林的那一边。在回来的路上，他准备再次向鸽子道谢。

蚂蚁来到池塘边，见鸽子正在树上睡觉，不忍心把他吵醒，就在树下等着。

忽然，一个捕鸟人出现了，他看见树上正在熟睡的鸽子，便将粘竿伸向树上的鸽子。

蚂蚁心头一动，不好，鸽子有危险了！喊叫已经来不及了。刚好捕鸟人就站在蚂蚁跟前，勇敢的蚂蚁张开嘴，对准捕鸟人的脚趾狠狠地咬了下去。

捕鸟人忽然感到脚上一阵剧痛，身子一晃，手里的粘竿掉在了地上。

鸽子被惊醒了，他听到蚂蚁大喊：“有危险，鸽子，快飞呀！”鸽子听到蚂蚁的喊声，立即展翅飞走了。

捕鸟人走后，鸽子又飞回来了，他向蚂蚁表示感谢，说：“蚂蚁，多谢你的救命之恩，你的勇敢和机智救了我的命。”

蚂蚁说：“不，不用谢。今天，我终于有机会报答你了。”

从此以后，蚂蚁和鸽子成了好朋友。

苍蝇和蜜糖

厨房里有一罐蜜糖被打翻了，一群苍蝇被香甜的气味吸引，站到蜜糖上面大吃特吃。

不一会儿，他们的脚被蜜糖粘住，就算拼命拍翅膀也脱不了身，陷在蜜糖里奄奄一息。

在还剩最后一口气的时候，他们说：“唉，我们真蠢，为了一点儿快乐，就断送了自己的性命！”